Merit Lehner

Galgarias Rache

story.one – Life is a story

1st edition 2023
© Merit Lehner

Production, design and conception:
story.one publishing - www.story.one
A brand of Storylution GmbH

All rights reserved, in particular that of public performance, transmission by radio and television and translation, including individual parts. No part of this work may be reproduced in any form (by photography, microfilm or other processes) or processed, duplicated or distributed using electronic systems without the written permission of the copyright holder. Despite careful editing, all information in this work is provided without guarantee. Any liability on the part of the authors or editors and the publisher is excluded.

Font set from Minion Pro, Lato and Merriweather.

© Cover photo: Mario Sanden http://www.mariosanden.de/

© Photos: Mario Sanden http://www.mariosanden.de/

ISBN: 978-3-7108-5680-8

Für meine Eltern.

*Geschichten beginnen im Kopf
und wachsen im Herzen.*

INHALT

1. Flammen — 9
2. Wut — 13
3. Erscheinung — 17
4. Gerücht — 21
5. Suche — 25
6. Begegnung — 29
7. Befürchtung — 33
8. Erwartung — 37
9. Abstimmung — 41
10. Verflucht — 45
11. Beobachter — 49
12. Wesen — 53
13. Erlösung — 57
14. Treue — 61
15. Spiegel — 65
16. Buchdrucker — 69
17. Neuanfang — 73

1. Flammen

Köln - Mai 1549

Bauer Johann

»Verbrennt sie! Zum Teufel mit ihr!«, brüllte Johann und reckte die Faust in die feuchte Regenluft. Endlich Regen. Gottes Gnade, gewiss! Die Belohnung dafür, dass sie die Hexe endlich beseitigten.

Das Volk tobte. Der Qualm stieg bereits an ihrem Körper entlang, doch die schöne Blonde verzog keine Miene. Johann spuckte angewidert von ihrer Sturheit vor seinen durchnässten Schuhen aus. Nur weg mit dem Teufelsweib! Nichts als Unheil hatte sie über seine Ernte gebracht. Doch nun würden ihre stechend blauen Augen nichts mehr anrichten können.

»Sie schreit nicht, sie ist wahrhaftig mit dem Teufel im Bunde!«, entrüstete sich der Knabe neben ihm. Seine langen Haare kleben ihm an Stirn und Wangen, während er aufgeregt zu dem brennenden Scheiterhaufen deutete.

Wie konnte es sein, dass diese Frau scheinbar keinen Schmerz spürte? Kein Schrei, kein Klagen. Selbst die Wachleute sahen sich ratlos an. Einige Zuschauer wurden wütend und warfen verfaultes Obst, doch auch das schien sie nicht zu interessieren. Johann schüttelte ungläubig den Kopf. Ein Raunen ging durch die Menge, und das Volk begann, aufgeregt zu tuscheln. Der Pfaffe eilte in seiner durchnässten bodenlangen Robe zu einem der Wachleute und flüsterte ihm etwas ins Ohr. In einigen Armlängen Abstand warf dieser ein braunes Säckchen in das Feuer. Ah, Schwarzpulver. Eine heftige Explosion ließ das Volk zurückweichen. Dann jubelte die Menge. Endlich brannte die Hexe lichterloh.

Plötzlich stieß sein Weib ihn heftig mit dem Ellbogen in den Wanst. »Ist das der Hexe ihr Kind?« Sie deutete auf ein kleines Mädchen, direkt hinter ihnen. Barfuß stand es im stinkenden Schlamm. Ihre langen, beinah weißen Haare reichten ihr bis zur Hüfte. Auch andere drehten sich zu ihr um, und es dauerte nicht lange, bis alle Augenpaare auf sie gerichtet waren. Doch das Mädchen starrte nur zu dem brennenden Pfahl in der Mitte des Platzes. Von der Hexe war nicht mehr viel zu sehen.

»Kind, wo ist deine Mutter?«, fragte er die Kleine. Eine Träne lief ihr über das ovale, helle Gesicht. Eine Fremde tauchte auf und rüttelte an dem Arm des Kindes. Aber es rührte sich nicht.

Johann überkam ein merkwürdiges Gefühl, das er nicht richtig benennen konnte, gebannt starrte er das Mädchen an. Seine Lippen bewegten sich, sie formten lautlos ein Wort. *Mama.* Johann blickte in die blauen Augen des Mädchens. Diese Augen hatte er schon einmal gesehen. Die Frau hob das Kind hoch und die beiden verschwanden in einer Gasse. Mit ihnen ging der Regen, und Johanns Acker sah den restlichen Sommer über kein Tröpfchen Wasser mehr.

2. Wut

Köln - September 1553

Tante Marie

»Verdammte Menschen!«, laut krachend landete der Holzeimer im Gänsepferch.

»Galgaria!«, rief Marie empört. Es war nur eine Frage der Zeit gewesen, bis das Mädchen wieder ausrasten würde. Die kleine Eule Maja flatterte aufgebracht im Garten umher.

»Ich hasse sie!« Galgaria fixierte einen dicken Kürbis. Sekunden später zerbarst er in tausend Teile, die durch die Luft flogen und den Boden mit orangefarbener Pampe bedeckten. Das dünne, weißhaarige Mädchen sah harmlos aus. Doch es konnte ganz anders. Ja, es machte Marie Angst! Der zermatschte Kürbis war noch das kleinste Übel.

Maja ließ sich kreischend vor dem zornigen Mädchen nieder und sah sie aus wachsamen

Augen an. Behutsam hob Galgaria sie hoch. Marie wusste, dass die beiden in Gedanken miteinander reden konnten. Maja hatte eine beruhigende Wirkung auf ihre Nichte. Marie war froh, ihr die Eule geschenkt zu haben. Unmittelbar nach dem grausamen Tod ihrer Mutter war Maja ihr eine Freundin gewesen.

Marie machte sich Sorgen. Das Mädchen war nicht normal. Sie hatte einen außergewöhnlich starken Fokus und konnte Dinge in einer Geschwindigkeit verzaubern, das sie in einen regelrechten Wahn verfiel. Was, wenn sie einen Baum auf ihre Holzhütte fallen ließ? Was, wenn sie die nächste war, die am Scheiterhaufen verbrannt wurde?

»Liebes, nicht alle Menschen sind so.« Das Kind kniete auf dem Boden, Tränen liefen ihr über die geröteten Wangen. Behutsam legte Marie ihr eine Hand auf die Schulter, doch Galgaria wich sofort aus.

»Sie haben Sophie verbrannt! Sie hat nichts getan!«, schluchzte sie. Ihr verdrecktes weißes Kleid war wohl nicht mehr zu retten. Ohnehin sah sie darin aus wie ein Geist. Sie fiel zu sehr auf. Sie würde die nächste sein. Oh Gott bewahre! Sophie hatte als Hebamme ihren Lohn verdient, bis vor kurzem ein Kind unter der Geburt starb. Darauf wurde sie verhaftet und verbrannt. Sie war eine gute heilende Hexe, und Marie konnte die Wut des Mädchens verstehen.

Seufzend machte sie sich dran die unzähligen Kürbisstücke aufzusammeln. Für eine Suppe sollte man sie noch verwenden können. Sie beobachtete das Mädchen. Es saß stumm da und schaute in die gelben Augen ihrer tierischen Freundin.

Sie würden die Gegend bald verlassen, es waren gefährliche Zeiten und die Leute redeten bereits über sie. Marie musste Galgaria beibringen, ihre Kräfte zu kontrollieren. Sie war so stur. Wie ihre Mutter! Doch da war noch etwas anderes. Marie fragte sich oft, was da wirklich in dem Mädchen schlummerte. Trauer? Oder Angst? Oder vielleicht doch eine böse Ader, von Hass genährt? Galgaria stand auf und ging mit Maja zurück ins Haus. Die Tür fiel krachend ins Schloss.

»Entscheidend ist der erste Eindruck. Beeindrucke sie! Mach ihnen Angst! Sei eine Erscheinung die sich tief in die Seele deines Gegenübers einbrennt, wie Säure in Haut!«
- Galgaria -

3. Erscheinung

Berlin, Club Underground - Juli 2000

Galgaria

Das matte Licht in dem sonst schwarzen Raum gab der Situation die nötige Dramatik. Es spielte keine Musik. Einzig die roten Ledersessel erinnerten daran, dass sie sich in einer Disco befanden.

»Ein Drink?«, lallte Steve. Er beugte sich gefährlich nahe an Galgaria ran. Sie konnte es auf den Tod nicht ausstehen, wenn ihr jemand zu nahe kam. Maja spannte demonstrativ ihre braunen Flügel auf, was genügte, um Steve auf Abstand zu bringen. Ebenso verachtete sie den Konsum von Alkohol. Die meisten der *Anti-Menschen-Bewegung* waren junge Zauberer, die gerne einen über den Durst tranken. Ob diese Treffen einmal im Monat wirklich nur aus Gründen des Hasses gegenüber den Menschen stattfanden, wagte Galgaria zu bezweifeln. Herrje sie musste sich zusammenreißen nicht an ihrem ersten Auftreten hier die Beherrschung zu verlieren! Sie hatte sich im Vorfeld einige Gedanken zu diesem Abend gemacht.

Pünktlich um 23 Uhr hatte sie ihr tägliches *Verjüngungselexier* eingenommen. Die letzten zwei Stunden vor der Einnahme waren eine Tortur, die sie stets fernab vor jeglichen Blicken verbrachte. Ach was war es dann für eine Wohltat, wenn sich die Haut in ihrem Gesicht direkt nach der Einnahme straffte! Es war schon lange beschlossen, dass es heute Abend das bodenlange, hellblaue Kleid mit V-Ausschnitt werden würde. Zusammen mit dem perfekt gedrehten Dutt und den schwarzen High Heels, erweckte sie den gewünschten Eindruck. Alle Blicke blieben an ihr hängen. Maja rundete ihr Erscheinungsbild perfekt ab.

Ihr war von vornherein klar gewesen, dass es lediglich die Menschenverachtung war, die sie miteinander verband. Viel Verstand oder gar Geschick erwartete sie erst gar nicht. Die Rede des jungen Zauberers Simon bestätigte all ihre Vermutungen. Er sah sich selbst als Anführer. Seine Freunde kommentierten sein Gerede über das harte Zusammenleben mit den Menschen eifrig und er genoss die Aufmerksamkeit.

Oh sie werden sich gleich wundern! Freundlicherweise wurde ihr das Wort nach langem Warten endlich zuteil und sie erhob sich. Die redseligen Zuhörer verstummten auf der Stelle.

»Ich bin Galgaria und ich bin gekommen, um etwas gegen die Plage *Mensch* zu unternehmen.« Sie ließ ihren Blick durch die Runde wandern. Unerwartet schaltete sich das Discolicht an. Galgaria blickte gereizt zur Kugel an der Decke, die bunt leuchtende Kreise in den Raum warf. Sie richtete ihren magischen Fokus gegen die Kugel und Sekunden später stürzte die gesamte Halterung krachend zu Boden. Die Anwesenden starrten sie entsetzt an.

»Ich werde in den *Hexen- und Zauberer Rat* eintreten und ich erwarte eure Unterstützung!« Ohne ein weiteres Wort verließ sie unter den erstaunten Blicken der Anderen die Disco.

»Diese Hexe treibt mir den Schweiß aus den Poren, obwohl ihr Blick kalt ist wie Eis.«
- Marco von Hellestein -

4. Gerücht

London Landsitz Thomas Dill - März 2014

Marco von Hellestein

Die blasse Schönheit mochte offenbar keinen Whisky. Schade, dachte Marco. Er hatte für diese Unterredung extra den teuren *Dalmore Whisky* aus dem Schrank geholt. Diese Galgaria war seltsam. Sie war seit einigen Monaten Mitglied im Rat und hatte ihr eigenes Büro auf dem Landsitz bezogen, dennoch bekam man sie nur selten zu Gesicht. Umso merkwürdiger war es, dass sie um dieses Treffen gebeten hatte. Zugegeben hatte Marco Herzklopfen bekommen, als Galgaria mit Lippen so rot wie ihr Kleid vor ihm gestanden und ihn gefragt hatte, ob er um 19 Uhr Zeit für sie hätte. Jetzt saß sie ihm gegenüber, mit einem selbstsicheren Grinsen im Gesicht. Es war allgemein bekannt, dass sie kein Menschenfreund war. Das gefiel Marco. Für solche Hexen und Zauberer war es äußerst schwer überhaupt in den Rat zu kommen.

Bei Galgaria hatte man eine Ausnahme gemacht. Sie hatte direkt beim Erstgespräch überzeugt. Ohne große Mühen hatte sie die sechs Vertreter des Rates an die Decke schweben lassen. Nur weil man sie fragte, wie stark ihr Fokus ausgeprägt war. Was für eine Show! Der Oberste Thomas Dill überreichte ihr noch am selben Abend die Schlüssel für ihr eigenes Büro.

»Man sagt, Sie kennen alle Geheimnisse der Zauberschaft, Herr von Hellestein«, säuselte Galgaria ihm mit lieblicher Stimme entgegen. Ihre Eule stand ihr im Anstarren in nichts nach, wenngleich sie bei weitem nicht so eine Eiseskälte ausstrahlte. Von vier Augen gemustert begann Marco zu schwitzen. Etwas verwundert über die Frage antwortete er zögerlich.

»Welchem Geheimnis sind Sie denn auf der Spur?« Eindringlich musterte sie ihn. Marco wurde unerträglich heiß und er musste seine Fliege etwas lockern. Die weißen Wände seines Büros kamen ihm trotz der zwei majestätischen Fenster auf einmal wie ein Gefängnis vor.

»Wo vermuten Sie das verschwundene Tagebuch der *Kesha*?« Sie stellte die Frage völlig ruhig. Ihre starre Mimik konnte Marco nur rätseln lassen, was sie sich aus seiner Antwort erhoffte. Das Buch war berüchtigt. Man sagt es beinhaltet die mächtigsten Flüche der Welt. Doch er bezweifelte, dass es überhaupt existierte.

»Angeblich soll es im Schwarzwald verborgen sein. Es gibt dort Höhlen. Genaueres hat man nie gehört.«

Er trank einen Schluck von seinem Whisky. Er schrie spitz auf als das Glas plötzlich in seinen Händen zerbrach und das braune Gold seinen Anzug benetzte. Scheiße, er blutete! Galgaria lächelte ihn mit kalten Augen an.

»Ich danke Ihnen für Ihre Zeit. Sie wünschen sich es doch auch, Herr von Hellestein«. Sie erhob sich. »W... was wünsche ich mir?«, hauchte Marco ihr entgegen, seine blutende Hand mit einem Taschentuch bedeckt. Der Schweiß lief ihm in einem Rinnsal über die Schläfe »Eine Welt ohne Menschen.« Zum Abschied schenkte sie ihm ein Lächeln, dass Schmelzöfen hätte einfrieren können.

5. Suche

Schwarzwald - Mai 2022

Galgaria

Die Luft stank modrig in der feuchtwarmen Höhle. Die letzten Stunden hatten Galgaria und Maja alles abverlangt. Galgarias rotes Hemd war durchnässt von Schweiß und ihr rechtes Hosenbein hing in Fetzen, dank eines *Schreckchen* Angriffs. Diese Mistviecher mit ihren scharfen Zähnen! Sie konnte das mausartige Wesen glücklicherweise mit einem gezielten Tritt beseitigen. Es war nicht die erste Begegnung dieser Art an diesem Höllenort.

Nach einer Rechtsbiegung standen sie vor einem Abgrund. Unter ihnen nichts als Dunkelheit. Ein kühler Luftzug wehte ihr von unten ins Gesicht. Majas Augen warfen einen schwachen, hellgelben Schein aus und waren stellenweise das einzige Licht in diesen feuchten Gängen. Heute würde sie das Buch finden. Sie spürte eine noch nie dagewesene Magie, seitdem sie diese Höhle betreten hatte. Das hier war unter ihrer Würde. Allein die burschikose Kleidung. Galgaria hasste es. Sie spähte in die Tiefe. Da sie den Boden nicht sehen konnte, ließ sie sich vorsichtig hineingleiten und stürzte sekundenlang in die Tiefe. Verdammt! Unsanft landete sie auf dem Po. Ein schwaches Licht erhellte den Höhlenraum.

Wums. Ein grüner Arm schlug aus und donnerte nur Millimeter über ihren Kopf in die Felswand. Erschrocken wich Galgaria einen Schritt zurück. Die *Schlagranke* holte erneut aus. Der Arm mit den unzähligen Dornen verfehlte wieder sein Ziel. Galgaria fixierte den warzigen Körper der magischen Pflanze bis er unter einem lauten Knall explodierte. Die grünen Fetzen rieselten auf sie herab. Maja. Wo war sie? Wurde sie von der Ranke getroffen? Am Ende des Raumes war es so dunkel, dass sie nur kriechend den Boden abtasten konnte. *Bitte nicht Maja!*

Ihre schlimmste Befürchtung bewahrheitete sich in dem Moment, in dem sie das leblose und weiche Bündel ertastete. Sie hob die Freundin auf und rannte mit ihr in Richtung des Lichts. Die Augen der Eule waren halb offen.

Sie blutete stark. Maja war tot. Ein unbeschreiblich tief sitzender Schmerz brach da in Galgarias Inneren aus. Sie kannte ihn. Einmal hatte sie ihn schon durchlebt. Und wäre sie imstande Tränen zu weinen, so hätte sie das jetzt getan. Doch sie hatte alle Tränen ihres Lebens aufgebraucht, schon vor hunderten von Jahren. Das Buch lag vor ihr auf dem Boden, neben einer zur Hälfte abgebrannten *Jahrtausendkerze*. Ihr Herz machte einen Satz bei dem Anblick des Tagebuches. *Endlich!*

Sie legte Maja behutsam auf den Boden neben die Kerze und nahm anstelle ihrer das Buch an sich. Eine wohlige Wärme durchfuhr ihren Körper. Galgaria warf einen letzten Blick auf ihre tote Freundin. Auch an diesen verdammten Wesen würde sie sich rächen. Hass flammte in ihr auf. Diese Mörder! Ihr Inneres schrie nach Vergeltung. Mit Maja ist auch das letzte Bisschen Liebe in ihr gestorben.

Sie lief noch stundenlang, ohne Pause. Das Buch hatte sie fest gegen die Brust gedrückt. Ihre Entlohnung für Jahrhunderte voll Schmerz. Als sie den Ausgang endlich erreichte, regnete es in Strömen. Erschöpft brach sie im nassen Laub ohnmächtig zusammen.

»*Ich träumte neulich Nacht von einem Fluch. Ein Wind. Dunkel. Mächtig. Er allein ist imstande, eine ganze Spezies auszulöschen, wenn er denn nur gesprochen wird. Andra, der Todesfluch.*«
- Kesha -

6. Begegnung

Schwarzwald - Mai 2022

Sarafine

Der Brustkorb der blassen, jungen Frau hob und senkte sich gleichmäßig. Es war selbstverständlich, dass Sarafine bei ihr blieb, bis sie wieder bei Bewusstsein war. Behutsam strich sie über die mit Kratzern übersäte, helle Haut. Wie eine Puppe. Direkt auf den ersten Blick hatte sie eine Hexe in ihr erkannt. Allein das makellose Äußere, die weißen Haare, typisch für eine Hexe die gerne Mittelchen einnahm, um sich dieses Aussehen zu bewahren. Sie hätte fast neidisch werden können, doch Sarafine war stolz auf ihre Falten. Wer weiß, vielleicht war die schlafende Hexe vor ihr sogar älter als sie selbst! Sie kicherte über ihre eigenen Gedanken als hätte jemand einen guten Witz erzählt.

Die Schlafende verzog kurz ihr Gesicht und stöhnte. Sarafine holte ein silbernes Döschen aus ihrer Umhängetasche und verteilte eine gelbe Salbe dick auf den einzelnen Schnitten. Was sie wohl hier gemacht hatte? Das hier war ein abgelegener Ort. Die Frau hielt in ihren Händen ein altes Buch, fest umklammert. Sarafine wollte es lieber nicht an sich nehmen, es schien der Dame wichtig zu sein. Wieso sonst sollte sie es bei strömenden Regen in den Händen halten? Plötzlich öffnete sie die Augen und sah Sarafine mit gestochen blauen Augen an.

Galgaria

Der Schock zog wie ein Blitz durch ihren erschöpften Körper. Das Buch! Sie spürte es in ihren Händen. Eine alte Hexe saß neben ihr und lächelte sie an. Was wollte sie? Innerhalb von Sekunden hatte sie sich aufgerichtet, das Buch fest an ihren Körper gepresst.

»Sachte! Sie müssen sich noch einen Moment ausruhen meine Liebe! Wie geht es Ihnen?« Die Alte sah sie erwartungsvoll an. Sie würdigte die gelbe Pampe auf ihrem Arm eines kurzen, kalten Blickes und giftete der lachenden Dame ihren ganzen Hass entgegen.

»Verziehen Sie sich! Ich brauche weder ihre Creme, noch Sie. Hauen Sie ab! Los!« Ihre Wut war schon immer stark, dachte Galgaria. Sie hatte weiß Gott keine Zeit für aufdringliche Hexen, die mit ihr reden wollten. Die Alte konnte offenbar doch auch etwas anderes als dämlich lachen. Entsetzt musterte sie Galgaria. Diese entfernte sich einige Meter von der faltigen Frau. Das Buch zog sie auf mysteriöse weise magisch an. Andächtig öffnete sie es. Ihr wurde abwechselnd heiß und kalt. Dann verschwamm das Hier und Jetzt vor ihren Augen und sie sah unscharfe Bilder vor sich. *Ein schwarzer Nebel. Aufgewirbeltes Laub. Eine blonde Frau die unter Tränen ein Wort in das Buch schreibt: Andra.*

Die Bilder verschwanden so schnell wie sie gekommen waren. Sie klappte das Buch zu und grinste. Sie lachte der verwirrten alten Frau ins Gesicht. Dieses Buch wird alles ändern. Und endlich hatte das Unheil einen Namen. Andra.

7. Befürchtung

Fichtelgebirge - Juni 2022

Sarafine

»Eine seltsame Hexe, Sarafine, das kannst du mir glauben!« Rosalie war aufgebracht. Ihre alte Freundin hatte ihr Tee aus Indien mitgebracht, Sarafine servierte ihn in einer quietschbunten Kanne, die optisch perfekt zu ihrem langen Rock passte. Doch weder das schöne Wetter, noch der Tee konnte Rosalies Stimmung an diesem Nachmittag aufmuntern.

»Ich mache mir einfach Sorgen. David ist beunruhigt, er kann es kaum verbergen.« Sie nahm ihre runde Brille von der Nase und strich sich über das Gesicht. Ihre grausen Haare standen heute in alle Richtungen. Es hieß eine außergewöhnliche Hexe würde den *Hexen- und Zauberer Rat* auf den Kopf stellen, doch Rosalies Erzählungen waren weitaus dramatischer. Ihr Mann berichtete seit Tagen über die reizbare Hexe. Sarafine holte gerade den Zucker aus ihrem Holzhäuschen, als ihr ein Gedanke kam. Vor einigen Wochen hatte sie eine merkwürdige Begegnung gehabt. Sie beeilte sich zu Rosalie an den üppig gedeckten Gartentisch zurückzukommen.

»Kannst du sie beschreiben, diese Galgaria?« Rosalie runzelte die Stirn.

»Na ja, sie soll wohl jung aussehen und sie hat eine helle Haut. Weiße Haare.« Sarafine ließ vor Schreck das Zuckerschälchen fallen. Es zerbrach. Verständnislos starrte Rosalie sie an. »Stimmt etwas nicht?« Sarafine begann im Garten hin und her zu laufen. Was hatte Galgaria im Schwarzwald gewollt? Trotz des heißen Sommertages fröstelte es sie auf einmal. Sie setzte sich stöhnend auf den Stuhl und erzählte Rosalie von jener seltsamen Begegnung mit der aufgebrachten Hexe. Stillschweigend rührten die beiden dann in ihren Teetassen herum. Das Buch. Irgendwas war damit, aber es mochte ihr nicht einfallen.

»Was soll sie denn mit einem alten Buch Sarafine? Ich verstehe es wirklich nicht.« In dem Moment wurde es Sarafine klar. Ein spitzer Schrei entfuhr ihr. Rosalie sprang erschrocken auf, wobei ihr Stuhl hinter ihr ins Gras fiel.

»Kesha!«, flüsterte Sarafine. Sie hatte beide Hände gegen ihren Mund gepresst, die Augen weit aufgerissen. Rosalie rührte sich nicht. Das fröhliche Zwitschern der Vögel im Wald kam ihr plötzlich fehl am Platz vor. »„Du meinst?«, Rosalie verstummte. Sarafine sah die Angst in ihren Augen. Ihre Haare waren mit einem Mal noch zerzauster. Sarafine rang um Fassung und hatte alle Mühe den Kloß in ihrem Hals herunterzuschlucken.

»Ja. Es gab Gerüchte, das Buch wäre irgendwo im Schwarzwald versteckt. Sie hat es gefunden Rosalie! Sie hat das Tagebuch der Kesha gefunden!« Schweigend starrten sich die beiden Freundinnen an. Wenn das wahr ist, wird nichts mehr so sein wie vorher. Und ein weiterer, beunruhigender Gedanke schwirrte ihr durch den Kopf. Sie hätte die Gelegenheit gehabt ihr das Buch zu entwenden, damals im Wald. Jetzt war es zu spät. Sehr bald schon würde etwas Schlimmes geschehen. Sarafine war sich sicher. Sie nahm ihre Tasse und trank einen Schluck, denn ihr Hals war staubtrocken. Der Tee war kalt.

8. Erwartung

London, Herrenhaus Thomas Dill - August 2022

Galgaria

Galgaria machte sich nicht die Mühe ihren Gästen einen Drink anzubieten. Sie wusste, dass die Herren gerne tranken. In solchen Belanglosigkeiten hatte sie noch nie einen Sinn gesehen. Ob es an den fehlenden Getränken lag, dass die Herrschaften keinen Mucks von sich gaben, oder sie einfach Respekt vor ihr hatten, war ihr gleich. Hauptsache sie hingen ihr an den Lippen. Schließlich hatte sie die Männer in ihr Büro eingeladen.

Marco begutachtete konzentriert den edlen Orientteppich auf dem er seine Schuhe nervös hin und her bewegte. Die anderen vier waren ihr treu ergeben, vom ersten Augenblick an. Willenlose, geifernde Kerle, die ihr jeden Wunsch erfüllen würden, ja sich beinahe darum stritten. Marco war nur hier, weil er sich vor ihr fürchtete.

Galgaria tänzelte elegant zu ihrem massiven Buchenschreibtisch und zog ihr Heiligtum aus der Schublade. Lächelnd hielt sie es den Herren vor die Nase. Doch bevor Julius danach greifen konnte, zog sie es wieder weg und zischte ihn zornig an »Finger weg! Ich bin die einzige Hexe, die dieses Buch anfasst, verstanden?« Der hagere schwarzhaarige Zauberer senkte seinen Blick und murmelte ein unterwürfiges »Ja Herrin.« *Herrin.* Welch Wohltat! Der Ärger war schon wieder vergessen. Marco dieses Schwein begann jämmerlich zu schwitzen.

»Sie haben es also gefunden!«, bemerkte er kleinlaut während er mit zitternder Hand seine Fliege lockerte. Ihr Grinsen wurde breiter.

»Oh gewiss habe ich das. Und dabei habe ich so ganz nebenbei erwähnt, Kopf und Kragen riskiert. Maja ist dabei gestorben und fast wäre das Buch in den Händen einer anderen Hexe gelandet! Und ihr Schwachköpfe?« Sie machte eine Pause, in der sie jedem der Anwesenden einen eiskalten Blick schenkte. Der bloße Gedanke an Maja löste eine unermessliche Wut in ihr aus.

»WAS habt ihr in der Zwischenzeit getan?« Galgaria schrie die Männer an. Dabei fegte sie einen Papierstapel von ihrem Schreibtisch. Julius machte sich sofort daran, die Blätter wieder aufzusammeln, doch Galgaria wollte, dass sie ihr zuhörten. Sie fokussierte die zerstreuten Blätter einen Augenblick, dann begannen alle zu brennen. Entsetzt ließ Julius die bereits aufgesammelten Exemplare auf den dunklen Parkettboden fallen, wo sie mit den anderen zu Asche verbrannten. Marco sah aus als würde er jeden Moment das Bewusstsein verlieren.

»Eure Aufgabe ist es jetzt bis zur Jahreshauptversammlung nächste Woche, sämtliche Hexen und Zauberer auf unsere Seite zu bringen. Habt ihr das verstanden?« Alle fünf Männer nickten synchron. »Gut. Ich werde eine Urabstimmung durchführen lassen, ob ich aufgrund der jahrhundertelangen Schikane unserer Erde durch die Menschen, einen Fluch aus dem Tagebuch sprechen darf. Und wenn die Mehrheit nicht dafür stimmt, wird der Tag der Jahreshauptversammlung euer Todestag sein!« Fassungslos starrten die Männer Galgaria an. Sie lächelte den Männern kalt entgegen.

9. Abstimmung

London, Sitzungssaal Herrenhaus Thomas Dill
- Juni 2022

Julian Graut

Er kam hier nicht raus, da war sich Julian sicher. Die Eiskalte mit ihren hochgebundenen Haaren und dem graziösen schwarzen Kleid hatte ihre Rede schon vor Stunden begonnen. Allerlei Dinge hatte sie angesprochen. Das Klima. Die Industrialisierung. Die Umwelt. Und jede ihrer Ausführungen kam zu dem gleichen Entschluss: Es war der Mensch, der die Wogen aus dem Gleichgewicht gerissen hatte.

Bereits seit Wochen gab es Gerede über diese Galgaria. Julian hatte sie noch nie zuvor gesehen. Er hatte sich sehr darauf gefreut Ratsmitglied zu werden, jetzt bereute er es bitter. Die ganzen 120 Plätze waren belegt. Es war einer der Säle, die ihn an seine Zeit an der Uni erinnerten. Er saß in der hintersten Reihe, neben August Kelter, seinem Cousin. Dieser war hellauf begeistert von der Rede der blassen Schönheit. Galgaria lief unten an dem Pult hin und her, wie eine Löwin. Bereit jederzeit die Krallen auszufahren, dachte Julian. Auf einmal hob sie ihre Stimme.

»Wollen wir in so einer Welt leben?« Sie wartete ab. Der Saal war mucksmäuschenstill. Julian sah sich um. Fast überall um ihn herum nickende Zustimmung. Ein älterer Herr hob eine Hand, um etwas zu sagen, doch alleine der abwertende Blick Galgarias reichte, damit er es sich anders überlegte. Selbstsicher grinsend fuhr sie fort, viel sanfter als vorher »Die Uhr tickt, meine Lieben. Wir sind fähig ein Leben im Sinne der Erde zu führen. Es ist an der Zeit sie von ihrem Leid zu befreien.« Sie hielt ein Buch hoch. Lautes Staunen erklang im Saal. Julian sah erschrocken zu August. Er konnte doch nicht wirklich gut finden, was sie da sagte? Verunsichert strich er sich durch die blonden Haare. Wieso um Himmels willen wollte er in diesen Rat? Sein Vater war vor stolz fast geplatzt. Wäre er doch nur ins Ausland gegangen! Aber es war zu spät. Er kam hier nicht mehr raus. Einige Männer mit breiten Schultern standen auf und stellten sich mit verschränkten Armen vor die Türen.

»Nun mein geschätzter Rat. Ich bitte hiermit um eine Urabstimmung. In meinen Händen halte ich ein Buch, das mir die Möglichkeit gibt, die mächtigsten Flüche zu sprechen. Kurz und Schmerzlos wird es für die Menschen sein!« Sie beendete ihre Rede und ein älterer Herr mit grauen Haaren kam nach vorne. Thomas Dill, wusste Julian. Bildete er es sich nur ein, oder sah Herr Dill auch alles andere als glücklich aus? Er ergriff das Wort.

»Wer dafür ist, hebt bitte jetzt die Hand.« Julians Herz klopfte wie verrückt. Doch um ihn herum gingen alle Hände nach oben. Diejenigen die zögerten, wurden von anderen zurechtgewiesen. Ein Mann keifte Julian böse an. »Du solltest dir gut überlegen, was du tust.« Julian sah sich verzweifelt um. Einzig die Alten im Rat hatten nicht die Hand gehoben. Weniger als die Hälfte. Aber Julian hatte keine Wahl, wie die bösen Blicke von Galgarias engsten Gefolgsleuten unmissverständlich zu verstehen gaben. Wer weiß, was sie ihm und seiner Familie antun würden, wenn er nicht dafür stimmte. Er schloss die Augen als er die Hand hob. Er konnte nicht zusehen wie er dafür stimmte die Menschheit auszulöschen.

10. Verflucht

Ritualstätte im Pfälzer Wald - Oktober 2022

Sarafine

»Bitte Galgaria, tun sie das nicht!«, schrie Sarafine gegen den prasselnden Regen an. Doch Galgaria reagierte nicht auf ihr Bitten. Sie stand bereits an dem Steinaltar und legte das Buch sachte darauf. Sarafine wurde nicht durchgelassen. Die meisten Mitglieder des *H&Z* Rates standen schützend um die heilige Stätte. Schulter an Schulter. Sarafine war verzweifelt. Tief in ihrem Inneren wusste sie, es gab nichts mehr was sie noch tun konnte.

Einige waren gekommen, um gegen dieses grausame Unterfangen zu protestieren. Neben Sarafine begannen die ersten Kämpfe. Eine ihrer Freundinnen schickte ihren Fokus gegen einen jungen Mann, es sollte ihn nur umreißen damit der Weg frei war. Aber der Mann wehrte sich. Die Wächter des Rituals fokussierten eine Tanne so lange, bis diese donnernd zu Boden fiel. Die Gruppe der Wiederständer wurde auseinandergerissen. Sarafine setzte sich etwas ab. Sie wusste, es war verloren. Der nächste Fokus traf David mitten in die Brust und er schlug mit dem Kopf auf einen Stein auf. Rosalie schrie. Sie rannten zu David, aber ihm war nicht mehr zu helfen.

Sarafine konnte sich nicht rühren. Sie stand abseits vom Geschehen und beobachtete Galgaria. Sicherlich hatten sie zusätzlich einen Schutzzauber um die Ritualstätte gelegt. Galgaria ließ es gewiss nicht zu, jetzt gestört zu werden. Ihre Haare trug sie offen, lang hingen sie ihr den Rücken herunter, weiß wie ihr Kleid. Als wäre es eine Feierlichkeit, dachte Sarafine entrüstet. Nein, es war ein dunkler Tag.

Zum ersten Mal seit Jahren betete Sarafine wieder. Sie betete, irgendetwas würde schiefgehen und der Fluch könnte nicht ausgelöst werden. Die Schreie der Kämpfenden um sie herum nahm sie nicht mehr wahr. Die fallenden und leblosen Körper, die bis zuletzt versucht hatten, es zu verhindern. Während sie selbst mit Schuld daran war, dass es überhaupt so weit gekommen war.

Ungeachtet aller Aufstände öffnete Galgaria das Buch. Sie hob die Arme und sah in den grauen, wolkenverhangenen Himmel. Als wenn das ein stilles Zeichen gewesen wäre, verstummten die Kämpfe. Alle Augen richteten sich auf Galgaria. Mit weit aufgerissenen, kalten blauen Augen, las sie laut aus dem Tagebuch der *Kesha* vor.

»*Ein Fluch, erst ein Hauch, dann ein Wind. Schwarz. Ich beschwöre dich herauf. Dein Name ist Andra und du bist stark. Ich beschwöre dich, komm zu uns und nehme uns die Menschen. Nehme uns die Menschen!*«

Sarafine hielt den Atem an. Der Wald war für Sekunden still. Doch dann begannen die Seiten des Buches wild zu flattern. Erst die Seiten, dann das ganze Buch. Es fiel Galgaria vor die Füße. Sie grinste selbstsicher. Dann lag das Buch still. Ein schwacher Windhauch kam aus der Mitte des Buches. Schnell baute er sich auf zu etwas Größerem, bis ein pechschwarzer Nebel über dem Steinalter schwebte.

Andra, der Windfluch war gekommen, um die Menschen zu töten. Langsam lief eine Träne über Sarafines Wange.

11. Beobachter

Bad Dürkheim - Oktober 2022

Rabe Kilor

Kilor hatte kein Interesse an Menschen, ebenso wenig an den meisten Hexen und Zauberern. Aber dieses Schicksal, das die Menschen nun ereignete, empfand selbst er als äußerst tragisch.

Es war die zweite Stadt, die von dem schwarzen Wind heimgesucht wurde. Dem Fluch, den eine Hexe heraufbeschworen hatte. Er mochte sie nicht, was nichts zu heißen hatte. Aber wenn er diese Hexe manchmal beobachtete, überkam ihn ein unbehagliches Gefühl.

Der schwarze Wind zog am Himmel und könnte auf den ersten Blick ebenso für einen Vogelschwarm gehalten werden. Aber Kilor kannte die Wahrheit. Es dämmerte bereits als der Fluch die ersten Häuser erreichte. Zunächst blieb es ruhig. Kilor folgte dem Fluch zu einem

Hochhaus. Eine junge Frau mit Baby auf dem Arm kam gerade aus der Tür, als sie von dem dunklen Wind überrascht wurde. Ihr Blick änderte sich schnell, von Verwunderung in Angst. Doch da war es auch schon vorbei. Als der Fluch durch beide hindurchdrang, lösten sie und das Baby sich bereits auf. Kilor hielt den Kopf schief, wie immer, wenn er etwas genau beobachtete. Ja, tatsächlich war es genau so. Sie verschwanden, vor seinen Augen. Zwei welke Blätter fielen anstelle ihrer zu Boden und blieben vor seinen Krallen liegen. Neugierig berührte er eines der welken Blätter mit dem Schnabel. Es zerfiel zu Staub.

Ein Schrei drang aus dem Hochhaus. Gefolgt von vielen anderen Stimmen und Geräuschen die Menschen so machen, wenn sie in Panik geraten. Ebenso schnell wie es laut wurde, war es auch wieder still. Der Wind kam durch das oberste Fenster des Hauses wieder heraus und setzte seinen tödlichen Weg fort. Wie gut, dass sie nicht leiden mussten, dachte Kilor. Aber was gingen ihn die Menschen an? Sie kümmerten sich auch zumeist nur um sich selbst. Er spannte die Flügel auf und folgte dem Wind.

Noch konnte er sich von diesem Ereignis nicht lösen. Ein kindlicher Schrei erschreckte ihn fürchterlich. Der kleine Junge kam aus dem Haus gerannt. Für einen kurzen Moment sah er Kilor an, als würde er überlegen ihn um Hilfe zu bitten. Er hatte die braunen Augen weit aufgerissen. Kilor würde diesen Blick nie wieder vergessen. Der Windfluch Andra aber, kannte keine Gnade. Nicht einmal mit so etwas Unschuldigen wie einem Kind. Er hatte den Kleinen eingeholt da hatte er noch nicht mal das Gartentor erreicht. Der Junge verschwand gänzlich im Wind und als dieser weiterzog, lag da nur noch ein welkes Blatt.

Kilor hatte genug. Er flog in die andere Richtung, weg vom Wind. Ohne die Welt unter ihm eines Blickes zu würdigen, flog er. Sollte es nicht für sie Tiere jetzt ein besseres Leben werden? War es nicht gut für ihn? Das Gesicht des Jungen tauchte vor seinem inneren Auge auf. Nein! Er hatte wirklich nie viel in den Menschen gesehen, aber das hier, das hatten sie nicht verdient. Er flog über die Stadt, die der Wind nur Stunden zuvor getroffen hatte. Die Straßen waren leer, kein Mensch war mehr übrig geblieben. Nicht einer.

12. Wesen

Spessart Wald - November 2023

Galgaria

»Wage es nicht mich zu stören!«, keifte Galgaria der wimmernden, nackten Frau entgegen. Diese kniete zu ihren Füßen auf dem gefrorenen Waldboden und bebte. Vor Kälte oder Angst, es war ihr gleich. Ohnehin würde das Menschenweib gleich nicht mehr frieren. Dann, wenn sie mit ihr fertig war. Genau wie die anderen 19 auserwählten Männer und Frauen, die sie einzig für ihre Zwecke am Leben gelassen hatte. Allesamt trugen sie Augenbinden und jammerten kläglich. Julius räusperte sich neben ihr. Sie konnte ihn auf den Tod nicht ausstehen, aber er gehorchte ihr aufs Wort.

»Herrin, sollten wir nicht anfangen?« Er hatte recht. Sie nickte nur tonlos und zwei weitere ihrer Gefolgsleute nahmen ihr den dicken Fuchsfellmantel von der Schulter. In einem bodenlangen schwarzen Kleid würde sie die Zeremonie durchführen, so musste es gemacht werden. Das Tagebuch der *Kesha* beinhaltete nämlich noch einen weiteren, durchaus nützlichen Fluch. Galgaria war voller Vorfreude. Das würden die perfekten Wesen werden. Ihr Dasein würde nur einen Zweck haben, nämlich ihr auf ewig zu dienen. Ein starkes Gefühl der Zuversicht flammte in ihr auf.

Sie nahm den eigens für das Ritual angefertigten Dolch, dessen Griff aus Wolfsknochen gefertigt worden war. Jedem der zwanzig Auserwählten schnitt sie in eine Handfläche. Die Menschen schrien schmerzerfüllt. Blut tropfte. Bald ging ihr Weinen in ein leises Schluchzen über. Galgaria lachte laut. »Oh ihr werdet mir bald treu ergeben sein!« Julius stieg in ihr hämisches Gelächter mit ein, was sie gleich mit einem strafenden Blick unterband. Sie nahm das Buch hervor und las daraus einen magischen Reim. Daraufhin beträufelte sie jeden der Auserwählten mit etwas Wolfsblut.

Plötzlich erstarrten die Menschen. Ihr Jammern war verklungen. Allesamt verkrampften und bogen ihre Oberkörper unnatürlich weit nach hinten. Instinktiv gingen Julius und die anderen Männer einige Schritte zurück, während Galgaria ohne den Blick abzuwenden bei der Verwandlung zusah. Nach der Reihe brach jedem der zwanzig der Mund auf und eine grausige, wolfsartige Fratze kam zum Vorschein. Überall an den nackten Körpern wuchsen wilde, zottelige Haare. Ihre Hände veränderten sich zu Klauen mit langen Fingern und spitzen Krallen. Ihre Beine wurden lang, wobei ihr Hinterläufe unheimlich spitz nach hinten ragten. Mit tiefen, düsteren Stimmen jaulten und ächzten sie und rissen sich ihre Augenbinden herunter. Aus gelben, bedrohliche Schlitze starrten sie Galgaria an. Sie waren perfekt. Galgaria hätte glücklicher nicht sein können.

»Willkommen in meiner neuen Welt, ihr treusten Untertarnen. Ihr seid meine Skinwalker und ihr werdet euch vermehren und mir gute Dienste leisten!« Wieder verfiel sie in ein hämisches Gelächter. »Oh ja, da bin ich mir sicher.« Die zwanzig furchterregende Gestalten verneigten sich vor ihr und jaulten gemeinsam in die dunkle kalte Nacht um ihr neues Leben willkommen zu heißen.

13. Erlösung

England Edinburgh - Dezember 2023

Elane

Hier im Garten würde es geschehen. Das war schon immer Elanes Lieblingsort gewesen. Damals spielten ihre Kinder hier verstecken, ihr Mann lag nach der Arbeit im Liegestuhl unter dem Apfelbaum und erzählte den Kindern Witze. Dabei sah er sie immer mit diesem spitzbübischen Grinsen an, das Elane so an ihm liebte. Mit schwerem Herzen ließ sie sich auf dem weißen Gartenstuhl nieder. Das alles gehörte schon lange der Vergangenheit an. William war bereits vor fünfzehn Jahren gestorben und ihre Kinder meldeten sich seit Wochen nicht mehr. Elane wusste weshalb, versuchte es aber so gut sie konnte auszublenden.

Ihr Leben war seit beinahe fünf Monaten chaotisch. Die Nachrichten waren voll von der größten Tragödie seit Menschengedenken. Ein schwarzer Wind zog um die Welt und nahm den Menschen auf unerklärliche Weise das Leben. Für Elane ein schöner Gedanke. Der Krebs war schon so weit fortgeschritten, dass es für sie keinerlei Chancen auf Heilung gab. Und sie wollte auch nicht mehr, genug Therapien lagen hinter ihr. Die Strapazen machten ihr die noch verbleibende Zeit nur zur Hölle.

Sie rollte sich in die Wolldecke ein. Schade das der Tod im Winter kam, dachte Elane und zog sich ihre gehäkelte Mütze über den kahlen Kopf. Wobei es auch irgendwie passend war. Sie grinste kopfschüttelnd. Ja, das Leben kam in Frühling, der Tod im Winter. Alles war vergänglich.

Annas Abschiedsbrief lag auf ihrem Schoß. Sie hatte ihn heute Nacht vor ihre Haustür gelegt. Anna war ihr stets eine gute Pflegerin gewesen. Ein Jammer das die junge Frau ebenfalls sterben musste.

Tausende flüchteten vor dem schwarzen Todeswind, der bald Edinburgh erreichen wird. Die Straßen waren vor wenigen Tagen noch voll von Autos, die ziellos aus der Stadt heraus fuhren. Es hatte keinen Sinn. Diese Erkenntnis war schwer zu erlangen. Da tat sich eine todkranke

Frau wohl um einiges einfacher.

Elane wurde schwer ums Herz. Wäre es doch nur ihr alleiniger Tod und nicht der von allen Menschen. Sie versuchte nicht an ihre Kinder und Enkel zu denken. Gott bewahre, Eddy war gerade einmal drei Jahre alt! Insgeheim wusste sie, dass es keine Hoffnung für sie gab, im Gegenteil, sie waren bereits tot.

Edinburgh lag still, als der Wind kam. Niemand war draußen. Nur Elane. Sie atmete die kalte Winterluft tief ein. Die letzten Atemzüge nahm sie noch einmal bewusst wahr. Der kahle Apfelbaum vor ihr, der im Frühling in voller Blüte stand, die süßen Äpfel. Sie schloss die Augen und die Erinnerungen wurden lebendig. Sie sah noch einmal ihre Kinder unter dem Baum spielen, noch einmal ihren Mann im Liegestuhl liegen.

Dann kam Andra der Todeswind zu Elane in den Garten. Lächelnd sah sie ihm entgegen. Er war ein lang ersehnter Gast, der jetzt lautlos durch sie hindurchdrang und von ihr nicht mehr übrig lies als ein welkes Blatt unter dem kahlen Apfelbaum ihrer Vergangenheit.

14. Treue

Elbora - Februar 2024

Anno

Das zukünftige Elbora war ein verlassener Parkplatz. Noch. Ihre Herrin Galgaria gab Befehle wie die trostlose Asphaltfläche in Zukunft auszusehen hatte. Anno hatte Schwierigkeiten es sich vorzustellen, zweifelte aber nicht daran, dass es am Ende genau so aussehen würde, wie die Herrin es sich vorstellte.

Das Leben hatte es gut mit Anno gemeint, seitdem die Menschen fort waren. Er war jetzt offiziell ein Wächter, die wichtigste Position die man als Zauberer einnehmen konnte. Sein Alltag vor wenigen Monaten, zurückgezogen in einer heruntergekommenen Mietwohnung kam ihm nun vor wie aus einem anderen Leben.

Mitte Januar erklärte Galgaria die Menschheit für ausgelöscht. Der Windfluch Andra erstarb und die Zeit der Hexen und Zauberer war gekommen. In der ersten großen Versammlung stimmte man für Galgarias Vorschlag, das ehemalige Europa zum Zentrum des Lebens zu machen, unterteilt in vier Zonen. Nord, Ost, Süd und West. Galgaria selbst hatte sich die Westlande als ihr Herrschaftsgebiet herausgesucht. Die anderen Zonen wurden drei hochrangigen Ratsmitgliedern zugeteilt. Alles außerhalb dieses Territoriums wurde zur V*erbotenen Zone* erklärt, die nur in wenigen Ausnahmefällen betreten werden durfte. Die Erde sollte sich von der Ausbeutung durch die Menschen erholen.

Sie hatten sich zu einem Halbkreis zusammengestellt, Galgaria in ihrer Mitte. Anno liebte diese schöne Hexe. Sie hatte alles was er begehrte. Ihre blasse Haut, ihre schmale Taille und vor allem ihr stets in Szene gesetztes Dekolletee brachten ihn beinahe um den Verstand. Wie gerne wäre er der Mann an ihrer Seite. Er konnte sich sehen lassen, war ein großer Mann mit starken Armen und langem schwarzen Zopf. Doch die Schönheit verschwendete offenbar keinen Gedanken an eine Liebschaft. Vorerst, dachte Anno.

Galgaria stolzierte auf hohen Absätzen und im engen silbernen Kleid an ihnen vorbei.

»Meine Wächter! Elbora wird mein Hauptsitz werden. Ich habe euch auserwählt, um mein Herrschaftsgebiet zu überwachen. Mithilfe meiner treuen Skinner.« Anno war einigen der Skinner bereits begegnet. Grausige Gestalten, aber er hatte keine Angst. Stolz blickte Galgaria in die Richtung ihrer lauernden Untertanen, die im angrenzenden Wald ihre Herrin keine Sekunde aus den Augen ließen. Insgeheim fühlte sich Anno mit ihnen verbunden, denn auch er würde alles für diese Hexe tun.

»Vergesst niemals, wem ihr dient. Ihr meldet mir alles, sofort! Und ich treffe dann die Entscheidung was geschieht. Meine Skinner greifen nur mit meiner Erlaubnis an. Mit meiner allein!« Sie sah die Wächter streng an.

Anno würde ihr auf ewig dienen. Er würde alles geben und irgendwann, ja irgendwann würde sie ihn bemerken und vielleicht konnte er dann der Mann an ihrer Seite sein.

15. Spiegel

Graudornwald - März 2024

Burkulf

Gleich würde er schlappmachen, da war sich Burkulf sicher. Der winzige Waldgnom rannte um sein Leben. Trockenes Laub knisterte laut unter seinen Schritten. Oh welch Unheil!

Die Stimmen hinter ihm waren die Grausigsten, die er je gehört hatte. Burkulfs Herzchen schlug wie wild. Bald werden sie ihn schnappen. Oh weh, oh weh! Beim besten Willen konnte er sich nicht erklären, wieso sie ihn verfolgten. Lag es an der bleichen Hexe die jetzt regierte? Oh er mochte sie nicht, nein! Doch noch viel furchterregender als die Hexe, waren diese furchtbaren Kreaturen, die überall ihr Unwesen trieben. Sobald sie ein magisches Wesen witterten, jagten sie es. Oh ja, so war es, Burkulf hatte es selbst gesehen! Und jetzt ging es ihm an den Kragen.

Sarafine

Der Graudornwald war noch jung. Sarafine war erstaunt, dass Galgaria wenigstens dieses Versprechen gehalten hatte. Die Erde solle sich erholen. Nach dem Fluch wurden sofort Maßnahmen ergriffen. Eine der ersten war es, neue Wälder zu erschaffen. Mit verzauberten Saaten war dies ein einfaches Unterfangen. Die meisten Bäume waren bereits so hoch wie Sarafine selbst. Der Wald würde dicht werden, die Büsche und Sträucher wucherten schon jetzt.

Sarafine schüttelte traurig den Kopf. Ihre Gedanken waren bei den unschuldigen Wesen die jetzt auf Galgarias Befehl hin verfolgt wurden. Sie würde es nicht schaffen alle magischen Wesen vor dem sicheren Tod zu retten, das war klar. Doch sie konnte es einfach nicht lassen es zumindest zu versuchen. Ein Glück, das sie den magischen Taschenspiegel besaß. Die Wesen wurden von seiner Zauberkraft in ihn hineingezogen und konnten so sicher und ungesehen mit Sarafine reisen.

Die Skinner jagten und töteten alle magischen Wesen, die sie finden konnten. Seit Wochen gab Sarafine alles, um möglichst viele von ihnen zu retten, doch ihr magischer Spiegel hatte auch nur eine begrenzte Kapazität. Für alle war kein Platz. Welch ein Jammer!

»Hilfe! Zu Hilfe!« In einigen Metern Entfernung bemerkte sie ein kleines Wesen, das wie wild mit seinen Armen wedelte. Es war ein Waldgnom. Hinter ihm im Gestrüpp raschelte es bedrohlich. Sarafine hatte keine Zeit zu verlieren. Hastig holte sie ihren Spiegel hervor und rief den *Nebelwandler* herbei. Das graue dürre Wesen kam mit tiefen Augenringen aus dem Spiegel heraus und nickte müde als Sarafine in Richtung des Gnoms zeigte. Es begann lange Nebelschwaden aus seinem Mund herauszupusten, die sich zu einer dichten Wand auftürmten.

»Komm mit uns Kleiner! Ich bin Sarafine und bei mir bist du in Sicherheit. Vertraue mir!« Mit großen, glasigen Augen starrte er Sarafine an und begann dann zu schluchzen. Sie nahm ihn behutsam hoch und hielt ihn vor den Spiegel, der ihn blitzschnell einsog und verschwinden ließ. Sarafine bahnte sich ihren Weg durch den dichten Nebel. Das furchtbare Jaulen der Skinner war bald verstummt.

16. Buchdrucker

Grenze zum Graudornwald - Mai 2024

Oscar Sander

Das Häuschen stand. Oscar war durchaus zufrieden. Selbst die kleine Halle für die Buchdruckerei war in wenigen Tagen aufgebaut gewesen. Der Hilfe der Nachbarn und der Handwerker sei Dank. Jetzt, wo man überall zaubern durfte, gingen solche Sachen wie Häuser bauen eben schneller. Auch wenn das so ziemlich der einzige Vorteil war, den Oscar in seinem neuen Leben sah.

»Du wirst dem *Zauberer-Grad II* angehören. Such dir einen geeigneten Platz am Graudornwaldrand, dort kannst du ein Haus bauen. Du wirst den Beruf des magischen Buchdruckers ausüben.« Das hatte der Wächter unmittelbar nach Oscars Grad-Prüfung angeordnet. Es war unmissverständlich und ließ keine Ausnahmen zu. So hatte er sein Leben zu gestalten. Punkt. Seufzend ließ Oscar sich auf der Holzbank vor seinem Häuschen nieder.

Die Grad-Prüfung lag jetzt zwei Monate zurück. Alle Hexen und Zauberer im Westen, die mindestens 17 Jahre alt waren, mussten sich dieser Prüfung unterziehen. Mit dem theoretischen Teil hatte er keine Probleme gehabt, dafür konnte er seinen Fokus nicht lange genug halten. Er sollte einen Baumstamm schwebend in der Luft halten und ihn an einer bestimmten Stelle ablegen. Nur wenige Sekunden hatte er die nötige Gedankenkraft aufbringen können, dann wurde er von einer schreienden Hexe abgelenkt und der Stamm fiel donnernd zu Boden. Die Schreiende wurde abgeführt, eingekesselt von zwei hässlichen Gestalten. Das war das erste Mal, das Oscar die Skinner zu sehen bekam. Der Wächter, der ihn prüfte, lachte laut über ihn.

»Ja sieh nur hin. So wird es jedem ergehen, der sich gegen uns stellt oder es wagt Galgarias Herrschaft anzuzweifeln.« Der groß gewachsene Mann, der den Namen Anno trug, starrte Oscar mit wahnsinnigen Augen an. »Du hättest besser abschneiden können, wenn du dich mehr konzentriert hättest. So ein Pech, hä?«

Oscar war heilfroh als es vorbei war. Doch seine Hoffnung auf ein ruhiges Leben am Rande des Waldes wurde schnell zunichtegemacht. Die Skinner waren überall, zu jederzeit und das ließen sie Oscar wissen.

Wollte er in diese Welt Kinder setzen? Er war jung und voller Lust auf das Leben. Doch nun war er gefangen in einem System und musste einen vorgeschriebenen Alltag leben. Er fragte sich, ob er jemals eine Frau finden würde die seiner menschlichen Freundin Juliana das Wasser reichen konnte. Ihr Tod hatte ihn gebrochen. Der Gedanke an sie tat weh, immer noch. Ein Schleier aus Traurigkeit und Verzweiflung legte sich über ihn.

Er sah zu den Fichten herüber. Ein Bellen erklang aus der Richtung und Oscar wusste, er war nicht alleine. Nie mehr. Er saß auf seiner Holzbank und fühlte sich seiner Freiheit beraubt und vom Leben hintergangen.

17. Neuanfang

Westlande - November 2024

Galgaria

Galgaria blickte mit einem Lächeln auf den Lippen aus dem Fenster ihres Turmzimmers, herunter auf das neue Land. Einiges war noch zu tun, oh gewiss! Aber ihre Untertanen gehorchten ihr aufs Wort. Die Westlande würde ihren Wünschen angepasst werden. Wohlwollend dachte sie an ihre Skinner, ihre fleißigen Bestien. Das mit Diamanten besetzte, dunkelrote Kleid fühlte sich angenehm kühl auf ihrer Haut an. Trotz des nasskalten Novembertages mochte sie dieses kühle Gefühl auf ihrer Haut. Sie selbst galt als kalt. Galgaria verstand das mehr als Kompliment. Sollten sie doch alle Angst haben! Zufrieden ließ sie sich in ihren weichen Samtsessel nieder und streifte elegant ihre schwarzen High Heels ab.

Ihr Blick verweilte kurz auf Wächter Anno, der vor ihrer Tür Stellung bezogen hatte. Sie konnte die Gier in seinen Augen sehen. Sein Verlangen nach ihr. Ha! Sie würde ihn zappeln lassen! Provokant hob sie eines ihrer langen Beine an, das Kleid rutschte etwas nach oben und gestattete dem Wächter einen kurzen Blick auf ihren nackten Oberschenkel. Wohl wissend um ihre Wirkung auf den gut gebauten Zauberer, positionierte sie ihr Bein gemächlich wieder neben das andere und würdigte Anno keines Blickes mehr.

Gerade wurde auf ihren Befehl hin das Slum *Frodan* errichtet. Sie konnte es kaum erwarten die Ausgestoßenen, die unter ihnen lebten dorthin abzuschieben. Sie waren Gift für die Gesellschaft. Arme, Kranke. Pah! Galgaria konnte mit ihnen nichts anfangen. Sollten sie dort bleiben, hinter geschützten Mauern, fernab von den würdigeren Hexen und Zauberern. Es war genial. Nein, sie war es! Und alle folgten ihr. Sie hatte es geschafft, dachte sie in diesem Moment auf ihrem Samtsessel sitzend. Sie hatte die Menschheit ausgelöscht. Sie hat Rache genommen. Alle gehorchten ihr.

Sarafine

Gleich würde Sarafine den Westen hinter sich lassen. Hier war sie zu Hause gewesen, in ihrem schönen Hüttchen im Fichtelgebirge. Mit ihrer Entscheidung magische Wesen zu retten, wurde sie zu einer Ausgestoßenen. Die Grenze zum Norden war nur noch wenige Tage offen, danach würde es deutlich schwieriger werden ungehindert zu passieren. Sarafine musste wieder kommen, das war sicher. Einige ihrer magischen Wesen, die sich in diesem Moment sicher in ihrem Taschenspiegel befanden, brauchten gewisse Kräuter die nur in im Westen wuchsen. Sie würde Wege finden, gewiss. Und nun wartete das harte Leben einer Wanderhexe auf sie.

Mit dabei war auch stets das Gefühl der Schuld. Sie konnte es nicht ablegen. Hätte sie Galgaria nur das Tagebuch abgenommen. Hätte sie doch nur! Doch jetzt war es zu spät. Die Welt würde nie wieder werden wie sie war. Was würde die Zukunft bringen?

Vielleicht war es auch nur ein klitzekleiner Funke Hoffnung, der sie nicht versagen ließ. Denn Sarafine trug ein Geheimnis bei sich. Eines, das eines Tages den Lauf der Dinge ändern könnte.

MERIT LEHNER

Merit Lehner wurde 1996 geboren und lebt mit ihrer Familie im schönen Spessart. Sie arbeitet als Sozialversicherungsfachangestellte. Die Leidenschaft zum Schreiben entdeckte sie 2021. Seitdem taucht sie in ihrer Freizeit gerne in fantastische Welten ab und hat den Traum, Geschichten zu schreiben, die andere Menschen abholen und begeistern können.

Loved this book?
Why not write your own at story.one?

Let's go!